AF401319

LE

Pas des Chaumes

A Messieurs

Auguste HENNESSY,

Frédéric HENNESSY,

Edouard CHABOT de la FOYE,

Bon AYMÉ de la CHÊVRELIÈRE,

Emile AYMÉ de la CHÊVRELIÈRE,

Fondateurs du Pas des Chaumes,

Et mes vieux Amis de cœur.

Edgar de CHAMPVALLIER.

1863.

1864

I.

O toi, muse facile aux baisers harmonieux
Qui pour plaire aux humains descends du haut des Cieux,
Muse que l'on invoque en de brûlants délires,
Muse des doux propos et des charmants sourires,
Viens prêter à ma plume un secours protecteur,
Et réchauffer l'esprit d'un humble serviteur.......
. . . .
. . . .

Au bas de ces coteaux que borde Chef-Boutonne
Qu'Aulnay de ses grands bois sombrement environne,
Voyez-vous ce village, en la plaine abrité,
Et qui dort étendu dans son oisiveté :
C'est notre rendez-vous !!! L'amitié fidèle
De sa voix la plus douce en ces lieux nous appelle !
Pas des Chaumes ! Quel nom pour notre souvenir !
Rêver à tes vallons n'est-ce pas rajeunir ?
Tes murs ont retenti de nos chants d'allégresse
Ou surpris bien souvent des accents de tristesse ;
Et plus d'un d'entre nous accablé de chagrins
Promenant sa douleur le long de tes chemins

Est venu dans ces bois calmes et solitaires
Chercher les vieux amis, pleurer avec les frères.

. . . .

Mais voici la maison de ce brave Forlet,
Rébarbatif filleul, du séduisant Viollet.
Garde de Chef-Boutonne et plein de vigilance
Forlet a su gagner grand renom de vaillance
Quand le logis est comble on va dormir chez lui.
Draps blancs, bons matelas, large vase de nuit,
Oreiller, rien n'y manque, et l'on voit sur mon âme,
Que tout s'y trouve mis de la main d'une femme.
Viollet s'y rend toujours.... Dans la chambre d'honneur
Si d'être près de lui vous avez le bonheur
Vous l'entendrez ronfler... avant de faire un somme,
Il vous dira parfois comment le corps de l'homme
Aux tâches qu'on l'impute a bien su se plier
Et mille autres bons mots qu'ou ne peut oublier.
A deux pas de Forlet est le puits du village
Avec de grands bassins pour les soins du ménage.
Là, demeure Vincent, le plus proche voisin
De notre factotum le placide Chassin.
A l'abri du grand orme est la mare profonde :
Les chevaux fatigués viennent troubler son onde ,
Le soir, après la chasse, à l'heure du repos,
En y calmant leur soif ou lavant leurs sabots.
Cette blanche maison aux confins de la plaine
Du bonhomme Chassin est le riant domaine.
Près d'elle vous voyez cette construction
Des chevaux de Cognac c'est l'habitation.
De tous les Hennessy les ardentes cavales
Y reposent à l'aise, en boxes comme en stalles.
Au-dessus, le fenil et le casernement
Des trois grooms amenés dans le déplacement.

Les bâtiments anciens ne pouvant plus suffire
Au nombre des chevaux, il a fallu construire
Cette belle écurie, en poussant le chemin,
Après maint pourparlers, sur le champ du voisin.
La route de Matha vous apparaît en face.
De notre rendez-vous voici la grande place ;
C'est là que chacun vient mettre le nez aux vents,
Regarder la forêt, interroger le temps.
Bien souvent, sans mot dire, on quitte ces parages
Pour courir à grands pas se poster aux Usages
Voir passer un chevreuil, un faisan, un renard,
Ou ramasser les chiens qui rentrent en retard.
Quelquefois à l'abri d'un buisson, d'une feuille,
Le veneur fatigué s'arrête et se recueille ;
Les Usages alors entendent retentir
Quelque bruit douloureux ou quelque doux soupir.
Quand le veneur est las de cette rêverie
Il revient s'adosser au mur de la prairie ;
Puis, selon ses désirs, causant avec les gens,
Il allume sa pipe et siffle entre ses dents.
C'est le cercle champêtre où chacun prend sa place
Berger ou citadin, laboureur, garde-chasse !
C'est là qu'on vient attendre et gaiement recevoir
Tous les braves amis qu'on espère revoir.
De là vous découvrez et les Bois de la Caille
Et le fameux signal, l'arbre de la Bataille,
Les maisons de Fleury, celles de Prémorin,
Le village de Bret, les champs de Villemain.
Et vous pouvez encore, embrassant les collines
Qui protégent du vent les campagnes voisines,
Suivre de vos regards le noble cavalier
Fuyant, disparaissant tout le long du sentier.
Pour bien le reconnaître on reste sur la place ;

Si c'est un compagnon ! Quel bonheur ! On s'embrasse.
— Vous voilà ! — Tiens, c'est vous ! — En croirai-je mes yeux !
— Quel bidet ou quel vent vous amène en ces lieux,
De tout ce qui vous touche avez-vous des nouvelles ?
— Eh ! comment ça va-t-il ! — Attendez que j'appelle
Pour prendre le cheval. — Puis du fond de la cour
Arrivent les chasseurs pour vous dire bonjour.
Vous leur appartenez dès lors, de bonne prise,
Sur cette même place, à droite, est la remise.
En face la barrière, aux superbes barreaux,
Dont la jaune couleur fait honneur aux pinceaux
De l'artiste chargé des soins de la toilette
De toute la maison, jusqu'à la girouette.....
Vous entrez dans la cour, à gauche, certains lieux,
Que je ne puis nommer se présentent aux yeux.
A côté le chenil de la gente racaille
Bassets, Beagles, Terreurs, Briquets à courte taille.
Les dindons trop méchants ou par trop belliqueux,
Sont avec les poulets enfermés auprès d'eux.
A trois pas d'une porte ouvrant sur le village,
S'élève le hangar où les bois de chauffage
Fagots, rondins, têtards, dès avril apportés
Sont placés à couvert, fendus et débités.
A droite de la cour, tout près de la barrière
Voici de Melzéar et de la Chevrelière
La nouvelle écurie, et, par commodité,
Dans la grande remise elle ouvre d'un côté.
Après cette écurie on rencontre une porte
Qui dans un corridor, à l'instant, vous transporte :
Là, deux ou trois quartauts sont à gauche en entrant.
A droite tout-à-coup, un parfum odorant,
Qui n'a rien de commun avec l'encens et l'ambre
Des grooms et des Piqueux vous annonce la chambre,

Un poële est au milieu, tout autour sont les lits,
Au-dessus, des rayons, pour poser les habits.
Au centre de la place on entasse les bottes,
Les manteaux, les souliers, les vestes, les culottes,
Et les chevaux pansés, chaque groom en ces lieux,
S'en vient cirer, brosser, chanter à qui mieux mieux.
Travailler en chantant c'est avancer l'ouvrage !
Puis la carte bientôt détrône le cirage ;
Loin des regards jaloux des maîtres du logis.
On se livre à la drogue ou bien en mistigris. —
Mais à minuit sonnant la fumante chandelle
Lance sur les enjeux sa dernière étincelle,
Alors piqueux et grooms à dormir disposés
Ramassent lentement leurs gros sous dispersés :
Ils se couchent dans l'ombre en rêvant que la chance
Viendra le lendemain leur verser l'abondance. —
Dans le même couloir on trouve l'escalier
Qui par vingt échelons, vous conduit au grenier
De la paille et du foin.... En bas, la sellerie;
A gauche de Chabot est la grande écurie....
Il la possède seul depuis bientôt dix mois....
D'Hémery l'occupait en partie, autrefois,
Avant ces jours de deuil, de chagrin, de tristesse
Qui sur nos souvenirs doivent peser sans cesse....
. . . .
A côté, remarquez ce petit logement
Qui du beau nom d'office, assez pompeusement
Est, je crois, baptisé.... C'est là que l'on apporte
Chevreuils, lapins, renards, gibiers de toute sorte,
Sans compter les Blaireaux. — Jean Chassin chaque jour,
En bon maître d'hôtel y va faire son tour;
Il sait que nous avons horreur de la disette,
Que tous nos estomacs reposent sur sa tête,

Aussi point de frayeur, Chassin du bout des doigts.
Connaît tous les gigots pendus à ces parois.
Enfin, pour terminer cette nomenclature,
Qui n'a rien d'amusant, surtout à la lecture,
Parcourons d'un coup d'œil le sombre appartement
Que vous appercevez en cet enfoncement. —
C'est ici l'écurie au public réservée
Et par l'un ou par l'autre elle est fort encombrée. —
Là, tout est pêle mêle et le coursier fougueux
Peut avoir pour voisin quelque bidet grincheux.
Près d'un triste mulet qui s'allonge à son aise
Fièrement hennit la cavale irlandaise.
Le vainqueur d'hippodrome a parfois le bonheur
D'y céder son avoine au cheval d'écorcheur....
Et cependant.... Ma foi, pas de philosophie
Surtout en ce moment.... A propos d'écurie....
Comme ce chant premier me paraît un peu long
Il est temps, n'est-ce pas, d'aborder le second.
Qu'en dites-vous, lecteur?... Eh bien ! tournez la page
En respirant un peu pour reprendre courage.

II

Que ta douce retraite inspire de gaîté !
Que de plaisirs répand ton hospitalité !
Maison aux volets verts, à la simple toiture,
Aux murs blanchis de chaux, sans nulle architecture !
Qui ne tressaille d'aise en franchissant ton seuil
A donc, sur ses beaux jours, mis un voile de deuil ?
Pour moi, qui me souviens du temps de ma jennesse,
De ce temps qui sourit même à notre vieillesse,
Je ne puis te revoir sans entendre mon cœur
Battre, comme à vingt ans, de joie et de bonheur !
Aussi taillant ma plume et pour te rendre hommage,
Je veux te parcourir étage par étage !
Voici ton humble porte et ton étroit couloir
Servant de vestibule et souvent de parloir
Quand arrive la nuit une lampe l'éclaire ;
Sabots, bottes, souliers sont alignés par terre.
C'est un tohu-bohu, tout contre l'escalier
Qu'il faut au moins six jours pour le bien nettoyer.
A gauche, la cuisine où gouverne Marie
Depuis la Saint-Hubert jusqu'à Pâques fleurie.

Dans cet appartement, par de simples rideaux,
Son lit est séparé du feu de ses fourneaux.
Cette cloison suffit. La pauvre vieille femme
D'un gars entreprenant n'éveille plus la flamme !
Elle est rendue à l'âge où l'on repose en paix,
Age des abandons, détestable à jamais !...
Ici viennent trinquer le facteur et le garde,
Ici le vin pétille et le piqueu bavarde ;
On y met le couvert dix ou vingt fois par jour,
Le piéton le sait.... Il fait un grand détour
Pour ne pas laisser perdre un si charmant usage.
Ou pour y rencontrer quelque ami du village. —
A droite, le salon !!! Lecteur inclinez-vous
En pénétrant au cœur de notre rendez-vous !
Du matin jusqu'au soir c'est là que l'on s'installe :
Fumoir, boudoir, salon, ne forme qu'une salle.
On y fume, on y lit, et quand il faut songer
A passer promptement dans la salle à manger,
Vous faites demi-tour, sans quitter votre chaise
Et vous êtes à table, assis fort à votre aise !
Tout ceci vous surprend et vos yeux attendris
Se portent au plafond dont le papier est gris !
Allons entrez gaiement, au foyer prenez place ;
Refrisez vos cheveux, en regardant la glace ;
Quand vous aurez plus chaud nous ferons hardiment
Certain voyage autour de cet appartement...
.... Très-bien.... Le feu pétille et la chaleur vous gagne,
Il est temps, n'est-ce pas, de se mettre en campagne,
Restons dans ce fauteuil.... Regardez ce Brocard
Dont la tête superbe attire le regard :
De Fleury, je le crois, il fut pris vers les Bornes.
Êtes-vous connaisseur en matière de cornes ?
Eh bien ! examinez ces jolis andouillers,

Comme ils sont bien égaux, bien minces et légers —
C'était un animal de fine et noble race,
Aussi nous fit-il faire une admirable chasse !
Si le cœur vous en dit vous pouvez encore voir
Ces crânes dénudés autour de ce miroir ?
Un chasseur émérite, avec béatitude,
Peut, sur tous ces sujets, se livrer à l'étude.
Des chevreuils et des cerfs les cornes et les bois
Sont soumis, chaque année, à de certaines lois,
Chez nous.... C'est différent.... Des paquets d'allumettes,
Pour prendre les tisons, de petites pincettes,
Un grand pot à tabac rempli de caporal,
Un cigare égaré, les restes d'un journal,
Des jockeys gentlemen une caricature,
D'un Derby de Cock-tails la risible gravure,
Des piques, une boîte où gisent renfermés
Quarante objets divers, plus ou moins parfumés,
Quelque blague de peau de tous abandonnée,
Tels sont les ornements de notre cheminée. —
A droite, comme à gauche, autour de ce salon,
Une chasse au renard de sir Olbadeston
En huit petits tableaux se trouve reproduite.
Pour les veneurs français Hennessy l'a traduite. —
D'un laisser courre anglais, sans grande émotion,
Vous pouvez vous payer la satisfaction.
Dans quatorze cartons, alignés à la suite,
L'histoire d'une chasse est assez bien déduite. —
Au-dessus, des chevaux, d'après Carle Vernet;
Sont-ce là les dessins d'un maître tant prôné ?
Je ne le pense pas.... Car jamais la nature
N'a fait des animaux d'une telle structure !
Il se pourrait aussi qu'un indigne graveur
De ces affreux carcans fût le coupable auteur !

Au-dessous des tableaux, tout au premier étage
Voici de ⱥe deux cents pieds le superbe étalage !
Rappelant à nos cœurs de grands évènements,
Des triomphes sans nombre et de fameux moments ;
Chaque patte, à nos yeux, dénote un fait de gloire !
De notre rendez-vous c'est la brillante histoire !
Ce Daguet fut mis bas aux plaines de Poitiers ,
Ce Brocard fut vaincu tout auprès de Villiers , —
L'hallali du dix-cors se fit à Romazière.
Voilà le pied d'un cerf forcé dans la Moulière,
Il revenait du Fou , nous ramenant grand train,
Quand la Tombe à l'Enfant vit finir son destin. —
On fit à nos veneurs hommage de la Bête !
Au-dessus de la porte examinez sa tête ;
Elle est vraiment fort belle et sert de vis-à-vis
A celle d'un gros cerf qui dans Aulnay fut pris.
Remarquez de ce pied la légère coupure,
Des cailloux du chemin cette mince échancrure
Servit, un certain jour, à nous faire bien voir
D'un chasseur renommé le solide savoir :
Monsieur de Puységur, en fouillant sa mémoire ,
Devait y retrouver cette charmante histoire ! . . . . .
Retournant le fauteuil et regardant le jour
Vous avez la fenêtre, en face sur la cour.
Bien qu'à trois pieds du sol, le comte de la Côte ,
Qui, de ce rendez-vous, fut cinq ou six fois l'hôte,
L'enjambait lestement, afin de s'éviter
Un détour par trop long qui pouvait lui coûter :
Elle n'a qu'un battant et vous paraît étroite,
Mondieu ! c'est suffisant. — Le buffet est à droite ;
Au-dessus l'arsenal des tromblons, des fusils,
Présente à nos regards ses dix canons noircis.
Schneider et Lefaucheux , Petit, Labbé, Lepage ,

Sont placés côte à côte en ce fier étalage.
Vers l'angle est la Chartreuse ouvrant dans le placard
Où Chassin tient le vin et la bière à l'écart.
Tout auprès, cette boîte, à la blanche peinture,
Qui possède un gros clou pour unique serrure,
Est l'asile discret des lettres, des journaux. —
En corniche, un cordon de toques, de chapeaux
Soit en drap, soit en poil de castor ou de loutre
Règne tout à l'entour envahissant la poutre. —
Un pupitre en bois noir fait pendant au buffet !
Des livres de tout genre il supporte le faix :
C'est là que chacun vient, avide de lecture,
Fanatique amoureux de la littérature,
S'emparer d'un roman, acheté quatre sous,
Pour fournir aux amis quelques rêves bien doux.
Près de ces livraisons, un gros tas de savattes
S'étalent dignement; oranges, écarlates,
Jaunes, vertes, marron, c'est la propriété,
Eternelle d'ailleurs de la société. —
Quelques fouets sont pendus auprès de la fenêtre ;
Deux cartes des forêts, faites de main de maître,
Détachent du mur blanc leurs brillantes couleurs,
Et servent, chaque soir, à montrer aux veneurs
Les chemins parcourus dans la dernière chasse
Ou d'un bel hallali la mémorable place.
Entre deux la pendule, au tic-tac régulier,
Montrant aux yeux sa chaîne avec son balancier.
Des divans, des fauteuils où l'on dort à merveille,
A moins qu'un chant joyeux en surseaut vous éveille,
Sont placés près du feu. — Fortement occupés
Ils avaient grand besoin de se voir retapés.
Le centre du salon appartient à la table,
On y mange, on y joue un jeu fort raisonnable !

Le loto, le piquet ou bien le mistigris
Ont surtout le bonheur d'amuser les amis.
Le vaincu se console en avalant la bière
Que Chassin pose avant d'emporter sa lumière.
Désirez-vous passer dans la salle à côté,
Prenez la porte à gauche ! Êtes-vous arrêté
Par une forte odeur s'échappant au passage
Et comme du Bully vous montant au visage,
Eh quoi !... Vous devinez.... C'est vrai ! dans ce couloir
Est un discret endroit où filent chaque soir,
Quelques gens affairés, préférant aux Usages
Des lieux plus à l'abri des vents et des orages.
Rester à l'intérieur n'est pas de tous les goûts.
Il en est bien encor, quelques-uns parmi nous,
Qui prennent leurs sabots, même leur parapluie,
Pour aller en plein champ, savoir d'où vient la pluie.
Avez-vous mal dîné ? Votre digestion
Ne se fait-elle pas sans tribulation ?
Craignez-vous la fraîcheur vous frappant au visage ?
Entrez.... nous reprendrons notre pélérinage....
Quoi ! déjà de retour.... mais votre air satisfait
Nous dit que cette fugue a produit bon effet.
Allons j'en suis ravi... Suivez moi dans la chambre
Qui sert de débarras.... Certain mois de décembre
La cave se remplit de telles masses d'eau
Qu'on n'y pouvait entrer que sur un grand radeau.
D'un air humide et froid, fortement imprégnée,
Cette chambre au-dessus fut alors dédaignée.
Mais là nous attendait notre fin sommelier !
Chassin s'en empara pour en faire un cellier.
De fromages divers cette alcôve est remplie,
Le cabinet de gauche est notre fruiterie :
Filtres, caisses, quartauts, se placent aisément

Tout au tour des lambris du vaste appartement.
Des manteaux à sécher c'est aussi l'étalage.
Gravissons l'escalier de notre unique étage;
Tenez-vous à la rampe.... En face est un placard
Où nul ne doit porter un satané regard !
C'est le dépôt sacré de la fine Champagne !
A ces mots, je le sens, l'émotion vous gagne,
Vous êtes amateur ! Oh ! cela se conçoit,
Nous en buvons ici, comme n'en boit le roi !
A des cœurs généreux nous devons l'abondance
Et pour bien leur prouver notre recounaissance
Nous vidons chaque jour un flacon délicieux
Lentement, longuement, écarquillant les yeux....
Cette chambre à deux lits, est la chambre d'Emile :
Par sa simplicité, voyez comme elle brille !!!
Deux chaises, deux bidets, deux cuvettes, deux pots,
Une table en noyer, servant de lavabos....
Vous remarquez encor deux savons et deux verres,
Et, fixés sur le mur, vous avez deux patères.
Ces caisses de Cognac, ouvertes aujourd'hui,
Cachent à tous les yeux les deux vases de nuit.
La commode est là bas, près de la cheminée,
De peignes, de rasoirs, modestement ornée.
J'ai vu, je m'en souviens, en de certaius moments,
En ces jours solennels des grands encombrements,
J'ai vu, pour les amis, traîner deux lits de sangle
Dans la chambre d'Emile et les placer dans l'angle.
Derrière la cloison, un petit cabinet,
Au douzième arrivant est, de droit, destiné !
S'étendre sur le lit, se percher sur la chaise
Sont les seuls moyens pour s'y trouver à l'aise !
Monnet, le vieux Monnet, l'occupait autrefois;

Il s'y dit, aujourd'hui, beaucoup trop à l'étroit.
D'ailleurs qu'y devenir, pour ma part je m'hébète,
Quand avec mon esprit je reste en tête à tête.
Revenant sur nos pas, traversant le salon,
Par la porte de droite on arrive au second.
Mais avant de monter il est prudent et sage
De savoir si quelqu'un, engagé dans la cage
De ce large escalier, encombre le chemin ;
Car d'y passer à deux on essaierait en vain.
Il est libre. — Montons.... Passez bien vite en face,
Sur ce sombre palier nous avons peu de place !
La chambre où vous entrez appartient à Chabot ;
Elle est simple, elle est claire et c'est tout ce qu'il faut.
A côté le Baron, règne dans sa mansarde :
Du haut de sa fenêtre il surveille, il regarde
L'écurie et la cour, les dindons et les chiens ,
Modérant sous ses pieds de bruyants entretiens;
Il est sur la cuisine et c'est un voisinage
Que pour lui disputer il faudrait du courage !
Oui dà ! Vous en doutez.... Voyez ces grains de plomb,
Gravés sur la muraille, incrustés au plafond.
Par certain temps de brume, au retour de la chasse
D'un fusil qu'on frottait, pour le mettre en sa place,
Un coup partit, crevant le plancher du Baron
Qui montait l'escalier, fredonnant sa chanson !
Et, sa chaise de paille, au pied du lit posée,
Devint, à l'instant même, une chaise percée.
A part ces accidents, fort rares, Dieu merci !
Le Baron, croyez-moi, n'est pas trop mal ici.
Au travers du couloir, toujours au même étage
Est un appartement donnant sur le village :
Un peu plus long que large il possède deux lits;
On l'appelle, en ces lieux, la chambre aux deux amis :

Chabot et Cruveillier y firent bien des sommes
A la création de ce vieux Pas des Chaumes !
Le lit du côté droit, celui de Cruveillier,
Est un morceau fameux de notre mobilier !
Il est à double fond, et, chose assez cocasse,
Vous avez un tiroir dessous votre paillasse.
C'est donc un lit commode.... En bon historien,
Je puis vous assurer qu'on y dort très-bien.
Tout auprès de Chabot en ce moment repose
Notre oncle Frédéric ! Poussez la porte close,
Avancez doucement sur la pointe des pieds,
Au gîte vous prendrez nos braves chevaliers !
Ce n'est point jour de chasse, ils sommeillent encore,
Se dispensant ainsi de voir lever l'aurore.
Autrefois cette chambre était l'endroit fameux
Des grands éclats de rire et des bruits ténébreux !
On y dansait en ronde, autour de la lumière ;
Et, le Petit Navire, ou les Gens de Linière
S'entonnaient tour à tour.... De tous ces francs lurons,
Comme il en fallait peu pour dérider les fronts !...
Mais ne réveillons pas d'aussi douces pensées,
Les fleurs n'embaument plus quand elles sont passées.
..... Voyez la symétrie :... aux quatre coins, les lits;
Sur le mur, des crochets, pour pendre les habits;
En trophée, au milieu, se dresse la toilette !
Faites attention, Muse, soyez discrète,
N'allez pas divulguer nos intimes secrets,
Dépeindre nos miroirs, nos pots et nos bidets,
Puis, un dernier coup d'œil, aux rideaux, à l'armoire,
Et vous aurez ces lieux gravés dans la mémoire.

———————

III

Dans l'été tout repose en un profond sommeil,
Mais que vienne Novembre, alors un gai réveil
Retentit en ces murs. — C'est l'instant de la chasse;
Entendez-vous les cors et la meute qui passe !
De l'Est et de l'Ouest, du Nord et du Midi,
Des hauteurs de Saleigne et des champs de Flenry
Voyez donc accourir ces nombreux équipages
Passant et repassant au travers des villages ! —
Voilà les grands chiens bleus, au renom immortel,
Tous fils de Firebrand ou frère de Ravel !
Malborough et Dunois, Domino, Volontaire,
Qui connaît vos succès rougirait de les taire !
Ombres de Piquefort et du vaillant Miraut,
Salut ! les vieux amis, passez le front bien haut,
Car, lancer avec vous, c'était sonner victoire,
Et tous nos jours de chasse étaient beaux jours de gloire !!!
... Voyez-vous le piqueur, jeune homme aux blonds cheveux,
A la mine d'Hercule, aux bras forts et nerveux,
Débuché, c'est son nom, son beau nom de bataille!
Excellent cavalier, en traversant la taille,

La plaine ou la futaie , il n'a pas son égal,
Laissant flotter la rêne au cou de son cheval.
Son galon d'or est gris, sa botte est déprimée,
Noir est son éperon et sa veste enfumée ;
Mais qu'importe, après tout, il songe aux hallalis
Et nullement, je gage, à brosser ses habits.
De Chabot de la Foye il porte la bannière !
Et les jeunes piqueux soit de la Chêvrelière
Comme de Bagnolet ou de l'Abrègement
Sont soumis, sans contrôle, à son commandement.
Daniel, est le second, autrefois dit le Drôle ;
On le voit, maintenant, viser au premier rôle.
Le troisième piqueu , Charron, est plus ardent ;
C'est la flèche qui part et distance le vent,
Il galoppe sans cesse et dépasse la bête ;
Puis, quand tout est fini, seulement il s'arrête....
Laissons le temps agir, ce beau feu passera,
Charron, à bonne école, alors se calmera.
Entre les trois piqueux la plus grande harmonie
Ne cesse de régner. — Quand la chasse est finie,
Ils courent à l'ouvrage et nul ne songe plus
Qu'à rechercher les chiens qui ne sont pas rendus :
Nettoyer le chenil, réchauffer la marmite,
Aux plus vieux serviteurs préparer un bon gîte,
Leur servir une soupe, au fumet odorant
Devient, pour les piqueux, l'affaire d'un instant.
Mais aussi, regardez, pour prix de tant de zèle
Et de tant de vertus !... Comme la meute est belle !!!
Comme le poil des chiens est frais, doux et luisant !
Comme ces fiers limiers dénotent un beau sang !!!
D'où vient, me direz-vous, cette race vaillante,
Aux rapides jarrets, à la voix éclatante,
Portant taches d'azur sur leur blanche couleur

Ou bien marques de feu, symbole de l'ardeur
Qui bouillonne en ses flancs, dévore ses entrailles
Et la pousse à livrer d'incessantes batailles !!!
Elle est fille de France, et de lointains pays,
Elle fut amenée en Saintonge et l'Aunis.
Monsieur de Saint-Légier, d'honorable mémoire,
A la bien conserver, y consacrait sa gloire !
Quand l'âge l'eut atteint en ses goûts de veneur,
Son fils, pour l'imiter, témoignait peu d'ardeur !
Il fallut donc chercher, dans tout le voisinage,
Quelque chasseur jaloux d'un si noble héritage !
L'aîné des Hennessy sût attirer son choix
Et mériter le don de ses chiens Saintongeois.
Dirai-je avec quels soins il surveilla la race ?
En vain, dans son chenil, vous chercherez la trace
Du Mâtin vagabond, du sémillant Roquet,
Du Basset intrépide ou de l'ardent Briquet,
Du jaune Poitevin ou du chien de Vendée,
Soit d'un type équivoque, infestant la contrée,
Vous ne la verrez pas; car ces chiens Saintongeois,
De la nature, entr'eux, ont tous subi les lois. —
Résister à la mode est chose difficile !
Le plus sage s'y fait ou s'y montre docile,
Et l'on vint à penser qu'il devenait prudent
D'augmenter des chiens Bleus le courre un peu trop lent ;
C'était un coup d'État, une grande entreprise !
Alors les Hennessy, des bords de la Tamise,
Amènent, tour à tour, comme reproducteurs,
Meriman, Firebrand, Rantipôle, Orateur !
D'un premier croisement avec Magicienne,
Sont sortis les chiens Noirs, autant qu'il m'en souvienne;
Mondor et Domino, Malborough et Dunois,
Le Brave Fabius, Ravel dont on fit choix

Pour étalon bâtard; — il rendit maint services ;
Victoria, Margot étant de belles lices ;
Magicienne, enfin, de l'Anglais Orateur,
Nous donna Cerf-Volant et Timbale et Vainqueur ! —
A travers les Fringons, admirez leur vitesse !
Pour saisir un crochet leur étonnante adresse !
Au change vaudront-ils quelques-uns des anciens,
Si connus sous le nom des braves Rapsodiens?
Rochester, Roméo, Ruy-Blas et Rigolette,
Au plus rusé chevreuil, savaient bien tenir tête,
Éventant ses crochets, démêlant ses retours,
Pleins d'une noble ardeur, ils le prenaient toujours.
Cet heureux temps n'est plus ! Aujourd'hui le grand âge
A ralenti leurs pas et glacé leur courage !
Il a fallu céder l'honneur des premiers rangs
A de jeunes conscrits et passer vétérans.
Mais, ces jeunes conscrits ne feraient rien qui vaille,
Si les vieux n'étaient là pour guider sous la taille
Leurs instincts vagabonds, leurs rapides élans
Et les mener en plaine en de certains moments.
A chacun des veneurs incombe l'élevage,
Le choix des croisements et les soins du jeune âge :
On s'applique à bien faire, et, sans rivalités,
Les produits obtenus sont par tous adoptés.
Aussi nous n'avons pas de luttes intestines
Ni pour tel ou tel chien de querelles mesquines :
Pas des Chaumes est *un*, et la meute est à tous !
Hennessy du Baron n'est certes point jaloux,
Et, Chabot contre Emile, au nom de Volontaire,
N'a pas, à l'aventure, engagé quelque affaire.
Maîtres, valets, piqueux, vivent en grande paix,
Saintongeois et Bâtards embrassent les Anglais :
Que voulez-vous de plus !!! Et, dans toute la France,

Vous ne sauriez trouver, j'en suis certain d'avance,
Nul exemple pareil d'une réunion
Où régna si longtemps une telle union !
Delà ces beaux succès que chacun nous envie,
Delà ces souvenirs, doux fleurons de la vie,
Qui rayonnent en nous du plus profond du cœur
Et que nous réveillons en des jours de bonheur !
Mais, loin de mon sujet, si je ne me défie,
Je serais entraîné par la philosophie ;
De nos descriptions reprenons donc le fil,
Et, sans plus m'écarter, revenons au chenil. —
Il est là, dans la cour, au fond, sur la main droite,
Tout auprès de la pompe.... En cette porte étroite,
Avant de vous risquer, suivez bien mes avis :
Prenez quelques bons fouets, de lanières garnis.
Ces chiens sont des agneaux.... Mais qui sait ! La marmite
Aura calmé leur faim sans l'avoir détruite ;
Et si, votre fumet ressemble, par hasard,
A celui d'un cochon, d'un blaireau, d'un renard,
Ma foi ! Tant pis pour vous.... De votre négligence
Vous subirez alors toute la conséquence.
Si vous êtes armé, pénétrez hardiment !
Et des Anglais grondeurs ne craignez plus la dent ;
Ils viendront vous sentir, frôler votre culotte,
Ou bien se pâmer d'aise en flairant votre botte ;
Mais ne frémissez pas, les enfants d'Albion
Redoutent fort du fouet la constitution.
Devant vous, le dortoir.... A droite, la cuisine
Où fume le repas de la gente canine.
Marambol-Bossuet, fort illustre écorcheur,
Des hôtes du chenil était le fournisseur. —
Qui de nous ne l'a vu, d'une main dégoutante,
Amener en ces lieux sa charrette sanglante,

Raconter aux valets, en lançant maint jurons,
Les cyniques exploits faits dans les environs. —
Mais plutôt Marambol avec sa gueuserie,
Que de revoir encor, dans la verte prairie,
A deux pas de la cour, quelque vieil animal
Toujours prêt à mourir sous le couteau fatal.
Quand les coursiers ardents s'élançaient à la chasse,
Le pauvre condamné, triste et morne en sa place,
Suivait leurs bonds joyeux d'un douloureux regard,
Et, de pressentiment, se traînait à l'écart.
Des hommes, des chevaux, oui de tous c'est la vie ;
La jeunesse fougueuse à chacun fait envie,
La vieillesse est à charge et nul ne connaît plus,
La grandeur et le poids des services rendus !....
Mais éloignons nos yeux d'une image si noire
Et de nos écorcheurs continuons l'histoire.
Marambol a pris femme, et Picard et Tambour,
Et Bossuet second, sont nés de cet amour !
Picard n'est déjà plus, en se levant de table
Il fit, étant pochard, une fin lamentable. —
De son péché mignon Marambol fut puni ; —
Il aimait le Cognac.... C'est ce qui l'a fini !
Par une nuit d'hiver, au détour d'une allée,
Étendu sur un tas de neige amoncelée ,
Il s'endormit heureux, de ce profond sommeil
Qui de l'éternité précède le réveil. —
Maintenant, pour nourir les chiens du Pas des Chaumes,
On s'adresse à Tambour et parfois aux Jousseaumes.
Mais, sitôt que la meute arrive en ces pays,
Des étiques carcans on voit monter les prix. —
Et nous ne doutons pas qu'un jour la concurrence
N'apporte à la marmite une large abondance ! —
La marmite! A ce mot, se soulève le cœur !

Qui pourrait, sans pâlir, en supporter l'odeur !
Hippolyte Monnet, au sortir de la table,
D'y jeter un coup d'œil ne serait point capable.
Si vous êtes enclin à la chasse au renard ,
Il est, je crois, prudent de rester à l'écart.
Mais pourquoi du lecteur offenser la narine ,
Et vouloir des bâtards lui montrer la cuisine !
Ne pouvons-nous laisser ces détails de côté? —
Le lecteur, dit Boileau, veut être respecté ;
Respectons-le, ma muse, Et puis, changeons d'allures,
Pour des hardis coursiers aborder les peintures !!!

IV

Il est temps de chanter nos coursiers, nos cavales,
Aux naseaux entr'ouverts, aux ardeurs sans égales !
Comme aux jours de jeunesse, en entendant le cor,
A l'âge de vingt ans , ils bondissent encor !
Aussi, taire leurs noms, c'est manquer à nous-mêmes,
Pour ces bons serviteurs nos amours sont extrêmes,
Nos malheurs, notre gloire, ils ont tout partagé,
Et, nous devons, avant de leur donner congé,
Garder un souvenir à ces vaillantes bêtes
Qui nous ont, bien souvent, épargné des défaites. —
Cartouche est le premier, depuis plus de vingt ans,
Il se montre têtu. — Ne serait-il point temps
De se calmer un peu, d'obéir à son maître,
De laisser sommeiller ses allures de traître !
Aussi n'a-t-il manqué ni d'avoine ou de son
Ni de coups de gourdin, le tout à l'unisson.
S'il était plus gentil il serait impayable !
Chasser ou galopper, sauter, rien ne l'accable,
A toute heure du jour il est frais et dispos
Et la sueur jamais n'a coulé sur son dos.

D'un courage pareil voici la Montagnarde !
L'Adour, Solférino, suivis de la Pécharde.
Ces derniers ont l'honneur de porter le Baron :
S'en plaignent-ils parfois, nul ne peut dire non.
Le poids du maître est lourd.... Et puis, dans la carrière
Le seigneur ne veut pas demeurer en arrière.
Ma foi ! Piquez toujours, quand vous n'en pourrez plus,
Vous irez chez Beau-Père, à titre de rebuts. —
Cet œil ardent èt vif, cette tête si fine
Annoncent un pur sang, c'est dame Carabine !!!
Les empreintes du feu, les ronces des forêts,
Ont souillé ses genoux et marqué ses jarrets ;
Elle remplaçait Clown et ce noble héritage ,
N'était pas au-dessus de son bouillant courage :
Mais Emile, le soir, aime à rentrer vainqueur ,
Défauts ou forlongés rien ne lasse son cœur ,
Et la pauvre jument, succombant à la peine,
Ira finir ses jours en un lointain domaine ! —
Du temps de Carabine aussi régnait Crépeau....
Il est à Melzéar, aux ordres de Beaubeau. —
De ce pauvre cheval, la place étant vacante ,
Emile y fit entrer la rapide Atalante !
Et Bédouine, et Bertha , mortes au champ d'honneur,
Qui pourrait oublier votre antique valeur?
Si Mousse et le Poney sont tous deux à vos places,
Oseut-ils se vanter de marcher sur vos traces ? —
A la tête des grooms, qui viennent de Cognac,
J'apperçois Arsonneau, monté sur Pontaillac !
Pontaillac ! Ah ! Messieurs, quelle bonne nature !
C'est vrai qu'il n'aime guère une trop vive allure;
Mais d'après Arsonneau , ce *sacré-t-impatient*,
Ne veut point adopter un pas sage et prudent.
Cependant il l'adore et le panse à merveille. —

Puis voilà Fifrelin, qui baisse son oreille ,
Et saurait vous montrer la couleur de ses fers ,
Si, près de son chemin, vous restez de travers.
A côté, le vieux Job, toujours gras comme un moine ,
Enfonce le cochon de ce bon Saint-Antoine !
Il est superbe à voir, au moment du départ,
Levant le cul, dansant, ou faisant quelque écart :
Son rude cavalier rit de ses incartades
Et, du bout de son fouet, punit ses algarades...
En un parfait état Morel, de Bagnolet,
Amène les chevaux. — Fanfaron, Feu-Follet,
Fancy, trotteuse ardente, à la robe alezane ,
Et le brillant Farner, marqué d'une balzane.
Et toi Fop et Fanny, douce et brave à la fois,
Fougeuse dans la plaine et calme sous le bois ;
Vos bonnes qualités nous font assez connaître,
Qu'elle est votre patrie et quel est votre maître ! —
La Flambarde est en queue... A voir son pas si lent,
Ne portez point sur elle un mauvais jugement;
Elle vient du Marais ou de la diligence,
Pour faire, dans Aulnay, deux mois de pénitence ! —
L'entraînante Flambarde a galoppé beaucoup
Et préparé Richard aux jeux de casse-cou :
Sur le filet pendu, les jambes en arrière,
A deux pieds de la selle enlevant son derrière ,
Les coudes près du corps, que Richard est heureux !!!
Digne pendant d'Edgar, ils galoppent tous deux
Nez au vent, tête en l'air, les yeux pleins d'allégresse,
Usez, beaux gentlemen, d'un reste de jeunesse ;
Car bientôt l'un de vous, trop ventru deviendra,
Après avoir fourbu l'éternelle Sarah !
Et l'autre, ayant goûté tous les plaisirs que donne
Le Turf aventureux, déposant sa couronne

Sur l'autel de l'hymen, finira comme nous ;
Dick-Richard servira de modèle aux époux !
Oserai-je oublier le cheval électrique,
Qui, sous le triste aspect d'une enveloppe étique,
Renfermait une audace, un courage d'enfer,
Et répondait si bien au nom de Fil-de-fer !
Il venait de Quentin. — Charles, le Téméraire,
Pour Auguste Hennessy, voulut bien s'en défaire :
Il eut été fâcheux de laisser tant d'ardeur
Se morfondre à Cognac, sans gloire et sans honneur ! —
Fil-de-Fer, dans Aulnay, déployant sa vaillance,
Mérita les bravos de la noble assistance.
Il mourut à la peine, emportant les regrets
De ceux qui l'avaient vu parcourir ces guérêts. —
Un jour, Edouard Martell, grand amateur de chasse,
Soit à tir, soit à courre, et même à la Bécasse,
S'éprit d'Accroche-Cœur, désirant passer l'eau
Sans laisser trop mouiller le bas de son manteau ;
Accroche-Cœur, ici, ne fit pas de merveilles !
Il s'en alla piteux, baissant les deux oreilles,
Et tirant les boulets.... Cette épreuve suffit,
Martell à bon marché, prudemment le vendit.
Mais Richard l'entraîna pour six tours d'hippodrome :
A Saintes, il conquit une assez forte somme !
Trente trois francs dix sous ! C'était tout justement
De quoi couvrir les frais de cet entraînement....
Des coursiers de Cognac, nommerai-je le reste !
Cigarre, Caporal, Fontainebleau, Modeste !
Tous ont foulé ces champs, traversé ces taillis ;
Quelques-uns ne sont plus, héros ensevelis,
Ils dorment lourdement, étendus dans leur gloire,
N'attendant que mes vers pour renaître en l'histoire.
La cavale, aux crins noirs, qui passe bruyamment,

Dont on a trop coupé le plus bel ornement,
Appartient à Monnet : Madame Ventre-à-terre
A la forme arrondie et la cuisse légère !
Du maire de Mougon elle a fixé le choix,
Et, depuis quatorze ans, obéit à sa voix.
Voici venir Sarah ! Vite faisons lui place,
Ce n'est pas un cheval, c'est un boulet qui passe !
Cette allure rapide, au remuant Champvallier,
Plût au premier abord ; Mais en franc cavalier,
Il comprit aisément qu'une locomotive,
Pour aller à la chasse et même à la plus vive ,
Est un meuble inutile, et sans nul agrément ,
Qu'on est bien plus heureux de marcher doucement,
La bride sur le cou, la main toujours légère ,
Comme un bon écuyer doit apprendre à le faire ! —
Bien d'autres ont foulé les routes des forêts,
Parcouru ces vallons, traversé ces guérets !
Du Lizot à Fleury, de Bret à Gâtebourses,
Qui pourrait raconter nos innombrables courses !....
Je ne le tente pas et laisse à plus ardent,
Le soin de cette histoire, au gré de son talent....

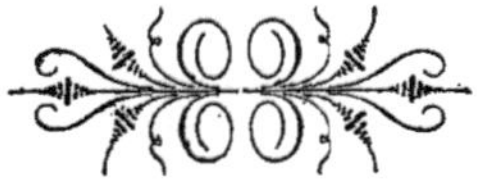

V

O femme, indispensable au bonheur de la vie !
O vous dont le talent à chacun fait envie !
Oui, vous, qui de nos jours entretenez l'ardeur !
Qui, de nos estomacs, connaissez la valeur !
Cuisinière impayable, encore assez accorte,
A vous, salut Marie, épouse Delaporte !
Vous datez, n'est-ce pas, de la création
De ce beau rendez-vous ! nulle indigestion
N'est venue assombrir, pendant ces vingt années,
Les sauces qui par vous furent assaisonnées ;
De votre ministère, et si grave, et si pur,
Je le crois, aisément, rien n'a troublé l'azur.
Auprès de vos fourneaux, vous êtes souveraine,
Et chacun, à l'envi, vous sert mieux qu'une reine ! —
Ce que c'est, cependant, que de tenir les clefs,
Des jambons, des boudins, des canards, des poulets !
Les Maîtres du Logis, en leur haute sagesse,
Comprenant le danger de prendre une jeunesse,
Pour veiller au ménage ou garder la maison,
Avaient choisi Marie, en âge de raison ! —

De cet âge fameux quelle est donc la limite !!!
A dire votre avis, Messieurs, je vous invite ;
Car pour moi, je ne sais, quand la réflexion
Met la femme à l'abri de la tentation!....
Mais, aujourd'hui, Marie est loin d'être gentille;
Alors, sur sa vertu, que chacun soit tranquille !
Son front et ses cheveux, son visage et ses dents,
Ont subi, tour à tour, les outrages du temps.
En bon historien, cependant, je dois dire
Quelles émotions, chaque soir, elle inspire
A ceux de nos amis qui couchent au-dessus
De son appartement. — On dort, n'en pouvant plus ,
Quand, tout-à-coup : Cric-crac, en surseaut, on s'éveille ,
On saute sur le dos en se grattant l'oreille.
Cric-crac ! — Plus rien !... Marie a tiré le rideau,
Qui sépare, en ces lieux, son lit de son fourneau.
Adieu, pauvre veneur, adieu ton plus beau rêve,
Tu volais à la gloire, un cric-crac te l'enlève !!!
Te voilà réveillé.... Mais entends-tu ce bruit
Qui trouble, en titillant, le calme de la nuit ;
Il vient encore d'en bas.... De ce nouveau murmure
N'allons pas rechercher la cause ou la nature !...
Nous sommes tous sujets à ces désagréments ,
Beautés ou laiderons, potentats ou manants....
C'est la commune loi, nul ne peut s'y soustraire !
Seule, notre pudeur, nous en fait un mystère ;
Taisons-nous là-dessus , ou du moins parlons bas,
Des incidents pareils ne se révèlent pas !...
Que Marie, après tout, fasse on non du tapage,
Qu'elle imite la pluie et le vent et l'orage ,
Qu'elle soit, dès trente ans, veuve de ses appas ,
Cela nous est égal et ne nous émeut pas.
Si maussade est son air, ses mets ont bonne mine !

Sa bouche est édentée et sa sauce est divine !!!
Ses farouches regards ne sont point séduisants ;
Mais combien ses rôtis sont donc appétissants !
Son coëffis, de travers, froisse la symétrie,
Comme, de son gâteau, la pâte est bien pétrie !
De notre cordon-bleu qu'exigez-vous de plus ?
Le poëlon au cul noir ne va point à Venus !
Et du vieux Ménélas l'épouse peu fidèle,
Auprès d'une marmite, aurait paru moins belle ! —
D'ailleurs, voulez-vous donc, près de gens amoureux,
Comme le sont toujours les grooms et les piqueux,
Un tendron de vingt ans, une blonde fillette,
Pour plumer le chapon ou faire l'omelette !
Mais, vous n'y pensez pas ! du choc de ces ardeurs
Combien peut survenir de funestes malheurs !!!
Au seul baiser du vent, la fleur tombe effeuillée!
Un atôme de boue et la source est souillée !
La plus légère haleine assombrit le miroir !
Que faut-il au beau sexe, à l'ange pour décheoir ?
Il suffit d'un coup d'œil, d'une seule pensée,
Pour chasser de leur cœur la pudeur offensée !
Avec Marie, au moins, pas de tentation :
C'est le nec plus ultrà de la précaution.
De grande confiance on lui donna la preuve,
Le jour, où l'on permit, pour l'aider en son œuvre,
Qu'elle prît un' tendron, un enfant du village,
Pour galopper les coqs, écumer le potage,
Travailler aux fourneaux sous sa direction
Et courir, dès l'aurore, à la provision .
A-t-elle l'œil brillant, le cœur tant soit peu tendre,
Je ne sais : mais elle a des bras pour se défendre !
Marie et ses deux poings, suffisent grandement,
Pour sauver ses appas et brosser le galant.

En ~~mes~~ vers de ~~six~~ pieds, ayant mis en lumière
Les solides vertus de notre cuisinière,
Dans ce cinquième chant il me faut, trait pour trait,
De notre factotum, esquisser le portrait.
Jean Chassin, est son nom, tout faire est son partage !
Et jamais, en retard, on trouve son ouvrage.
Dès la pointe du jour il allume les feux,
Et porte l'eau bouillante aux cavaliers frileux ;
Allant et revenant, sans jamais perdre haleine,
On le voit qui dispose et la brosse et le peigne,
Préparant, à chacun, son pinceau, son rasoir,
Son savon, sa pommade et jusqu'à son mouchoir ;
Redescendant chercher les habits, les culottes,
Il s'informe des grooms, s'ils ont ciré les bottes !
Il rentre.... En un clin d'œil le couvert est dressé,
Tout, pour le déjeuner, se trouve disposé....
Après le déjeuner, c'est bien une autre affaire :
Jean, apportez ma veste ; — avez-vous vu mon verre ?
— Jean, ma pipe ! — Ma blague ! — Holà ! Jean, mon manteau ;
Où diable avez-vous mis ma toque et mon chapeau ! —
Jean répond à chacun au plus fort du tapage,
Restant calme et serein au milieu de l'orage !
Tel on a vu Neptune en imposer aux flots,
Sans se mettre en colère, ni lancer de gros mots....
Certes, Jean n'a point lu, ni Plaute, ni Virgile,
Mais il sait qu'on a tort de s'échauffer la bile ;
Qu'une fois mise en route et brûlante d'aigreur,
De l'homme le plus sage, elle fait un rageur.
Convaincu de ce fait, redoutant la jaunisse,
Sans jamais s'émouvoir, Jean poursuit son service !
Après le déjeuner, il court faire les lits,
Arranger le salon et brosser les habits !
A chasser le chevreuil, si le temps le convie,

Il passe sa Jaquette et vole à l'écurie.
Là, visant un cheval, baillant au ratelier,
Il l'enfourche aussitôt, pour le désennuyer.
Après un tour de bois, fait du pas le plus sage,
Jean revient au logis, pour veiller au ménage.
Passer à la cuisine, y plonger un regard,
Savoir si le diner n'est pas trop en retard,
Allumer la chandelle et descendre à la cave,
Bien choisir le Médoc, le Saintonge ou le Grave,
Annoncer le potage à six heures sonnant,
C'est, pour maître Chassin, l'affaire d'un instant.
A huit heures, il ôte et met dans les offices
Les verres, les flacons, les couteaux, les épices ;
Puis, sur la table il pose, et toujours sans parler,
Deux bouteilles de bière, avant de s'en aller.
— Où peut-on avoir pris ce factotum modèle,
Exact en son devoir et tout brûlant de zèle ?
— Dans le village même, où vivaient ses parents !
Pas des Chaumes le vit à l'âge de seize ans,
Quitter les gros sabots et l'humble labourage,
Passer à l'écurie, apprendre le ménage !
Et, d'hiver en hiver, montant en fonction,
Il atteignit le but de son ambition.

VI

A peine le soleil, annonçant son retour ,
A-t-il blanchi les toits de ce joyeux séjour
Et chassé les vapeurs qui, dès la matinée,
Promettent à nos sens une douce journée,
Qu'on entend Jean Chassin, diligent et soigneux ,
Trotter en la maison, pour allumer les feux. —
Il entre à petits pas.... Vole au calorifère,
Dépose sa bouilloire avec certain mystère,
Et s'apprête à sortir, quand, de son oreiller,
L'interpelle un ronfleur, qu'il vient de réveiller : —
Fait-il beau? — Monsieur *si* ! — Puis, la réponse faite,
Chassin, à la cuisine, arrive d'une traite ! —
Richard n'a point bougé, Frédéric a gémi,
Jacques cligne de l'œil et retombe endormi.
Dans la chambre à côté, Chabot, du moins, s'éveille ,
Et, si quelque fanfare a frappé votre oreille,
Ne perdez pas de temps, sautez à bas du lit,
Passez votre culotte et votre bel habit ,
C'est un signe certain qu'on fera bonne chasse
Et que nulle tempête, aujourd'hui, vous menace.

Pendant que de Chabot retentit le sifflet,
Le Baron est debout.... Il entre, il apparaît :
« Ah ! ça, beaux chevaliers, sommeillez-vous encore ?
« En voilà des gaillards qui chérissent l'aurore ! »
A ces mots, l'un se lève, en se touchant le front,
L'autre pousse un soupir, son voisin lui répond ;
Celuici, fort soigneux des dons de la nature,
Gratte fièrement sa noire chevelure !
Celui-là se détire, en cherchant son rasoir,
Caché près d'un pinceau, dans le fond d'un tiroir. —
Le signal est donné, la toilette commence ,
Et mille bruits divers succèdent au silence.
Ne craignez rien, lecteur, je ne décrirai pas
Les différents moyens d'embellir nos appas. —
Mais la voix du Baron, remplaçant la sonnette,
Retentit tout-à-coup : — Jean, servez l'omelette !
A l'éclat bien connu de ce timbre argentin
Chacun, du déjeuner, enfile le chemin. —
Passez vite au salon. — Examinez la table , —
Auprès d'une saucisse un boudin fait l'aimable,
L'omelette rit jaune en voyant le jambon,
Près d'elle, s'étaler en vainqueur fanfaron.
Le vin blanc tapageur, de pitié, regarde
La timide carafe à la mine blafarde. —
Tout est là, mis en ordre, et chacun, à son tour,
Descend, s'asseoit, dévore en vous disant bonjour. —
Vous pouvez admirer, pendant qu'on est en place,
De notre rendez-vous, l'uniforme de chasse. —
Combien il a subi de transformations !
Rien n'a pu le sauver des révolutions !
Aujourd'hui l'habit vert et le gilet orange
Distinguent des veneurs l'élégante phalange.
Toujours les Hennessy l'endossent strictement ,
Le Baron et Chabot s'en parent rarement,

De notre ami Richard, le bon chic étincelle ,
Les anglais, en Poitou, le prenaient pour modèle.
Quant aux autres habits, si noblement portés,
Vous ne vous trompez pas ; ce sont les invités....
Tout est morne au début. — Quant le bruit des fourchettes, .
Des verres, des couteaux, frappant sur les assiettes
S'est un peu ralenti, la conversation
Se porte sur la chasse et sa direction.
— Il est, je crois, prudent d'attaquer aux Usages
Et nous avons grand tort de laisser ces parages,
Qu'en dites-vous Chabot ? — Moi, j'aime les Fringons,
Car nous lançons toujours dans les mêmes cantons !
— Si j'étais vous, Messieurs, j'irai vers les Cantines
Et de là nous pourrons avancer aux Collines,
Risque un jeune veneur. — Ma foi, dit le Baron ,
Nous ferons mieux encor d'aller chez le Berthon :
On y voit chaque jour, dix mâles, cent femelles.
Qui nous mèneront vite au coin des Fontenelles.
— Pourquoi , dit Frédéric, courir jusque là bas,
Aux tailles de Dabaud, on lance à chaque pas.
— A lancer chez Dabaud faites-vous rien qui vaille ?
Quand vous aurez trouvé quelque vieille biquaille,
Répond Maurice, on part pour les bois de Paizé ;
De la suivre, mon oncle, alors c'est mal aisé.
Exposer trop son cou, certes, cela chiffonne ,
Aussi soyons prudents, allons à Chef-Boutonne.
— Allons où vous voudrez, je m'en moque pas mal,
Retorque Frédéric, si je monte à cheval. —
Chacun, sur cet avis, abandonne la place
Et se dispose enfin à partir pour la chasse.
Les chevaux et les chiens, aux piqueux désignés ,
Sont, depuis un instant, dans la cour amenés ;
Le tumulte est au comble, on se cherche, on s'appelle ,

Chacun, sur ce qu'on fait, de nouveau s'interpelle,
Et, tout en bavardant, on gagne les grands bois
Séculaires témoins de nos nombreux exploits. —
La meute, d'un seul bond, a passé la barrière :
Pendant que les veneurs se rangent en arrière,
De fougueux gentleman, hardis et turbulents,
Caressent leurs chevaux, s'avancent à pas lents,
Sans penser qu'au logis quelques retardataires,
Restent pour terminer d'importantes affaires....
Ne les dérangeons pas. — Pourquoi les tracasser,
Ils sauront, croyez-moi, se trouver au lancer.
Admirez ce départ, au travers des Usages,
Ces cors resplendissants, sous ces jaunes feuillages,
Ces cavaliers groupés, séparés tour à tour,
Ces chiens, en leurs ébats, voltigeant à l'entour,
Allant et revenant, évitant la broussaille,
Franchissant la palène et fuyant sous la taille....
Tel est l'ordre suivi, jusqu'à la Fosse aux Morts.
Puis, quand on a sauté, sans dangers, sans efforts,
Le grand Pas du Buisson, la meute rassemblée,
Sous le fouet des piqueux borde l'ancienne allée. —
Nous touchons au Rond-point. — Là, chacun se regarde;
— Messieurs, dit Déluché, je connais une harde
Qui se tient justement derrière chez Dabaud
Et nous la trouverons en allant chez Pascaud.
— Pour moi, répond le Drôle, hier, aux Fontenelles,
Revenant au Pavé, j'en ai vu de plus belles.
— C'est joli ce quartier; après quelques cents pas,
Nous aurons, sans mentir, vingt bêtes sur les bras.
Que diable aller si loin, et, puisque on se chamaille,
Du côté de Vinax je foulerai la taille. —
Tout-à-coup une voix se fait entendre au loin ! —
Ecoutez ! Ecoutez ! — Ravel est dans ce coin :

Il donne, j'en suis sûr, courrez vite à l'allée,
Et, sans faire aucun bruit, passez sous la feuillée.—
Emmenez donc ces chiens. — Tenez c'est un brocard.
— Mais non, vous vous trompez, j'ai cru voir un renard.
— Oh ! pas du tout, mon cher, c'est bien une chevrette,
Qui vient, au même instant, de bondir sous la gète.
— Cré mâtin, taisons-nous; laissons faire ce chien,
Si tous nous bavardons, nous ne lancerons rien.
— C'est évident, Messieurs. — N'est-ce pas Volontaire
Qui revient de Vinax ? — C'est un fameux compère,
Il galoppe un lapin, si ça lui fait plaisir.
— Détrompez-vous, Chabot, il est temps de partir,
La chasse, d'un grand train, traverse cette allée ;
En route. — Sapristi , ma selle est désanglée !
— Deux minutes, Monnet, tiens moi donc mon cheval,
Je n'ai point accompli mon besoin principal....
Ce diable de vin blanc !... — Y penses-tu, la chasse
Est peut-être au Lizot. — Bah ! la voilà qui passe
Et monte vers Paizé. — J'entends un bien aller !
— Nous aurons, tout-à-l'heure, un change à débrouiller!....
Pendant que ces discours captivent nos oreilles
Les chevaux, les piqueux et les chiens font merveilles.
C'est en vain, sous leurs pas, que naissent les chevreuils ,
Bravement ils s'en vont sans connaître d'écueils. —
Tantôt l'un, tantôt l'autre a fait sauter la bête;
C'est Timbale ou Vainqueur qui se trouvent en tête,
C'est un crochet manqué, c'est peut-être un détour
Qui force les vieux chiens à manquer un retour.
Mais Fabius reprend et relance sa proie,
Car deux fois l'animal avait foulé sa voie;
Tout part comme l'éclair et bientôt disparaît
Sous les sombres taillis de l'antique forêt....
Que de charmants tableaux je pourrais vous décrire,

Si mon âme moins folle, en ce premier délire,
Savait mieux résister à ces élans d'ardeur,
Qui s'emparent des sens de tout bouillant chasseur.
Mais à peine avez-vous regardé la clairière
Du ravissant Rond-point que vous laissez derrière
Et la ligne du Parc, couverte de gazon,
Et celle de Fleury, mourante à l'horizon,
Qu'il faut, de nos coursiers, exciter la vaillance
Et rejoindre la meute. — Elle est là qui balance ;
Ruy-Blas ne donne plus, Rochester a mis bas,
A l'appel des piqueux, Mondor ne revient pas ;
Les veneurs, dans l'allée, apparaissent en ligne,
Chacun parle et s'agite, alors c'est mauvais signe. —
Mais au Rond-point du garde, à l'abri du soleil,
Sur ce triste accident, s'ouvre le grand conseil :
— Tout-à-l'heure j'étais placé dans l'avenue ,
Quand Timbale , en chassant, apparaît à ma vue :
Elle menait bon train, un superbe brocard,
Qui fit, en me voyant, un incroyable écart.....
— Oh ! permettez, mon cher, c'était une chevrette
Que Timbale chassait ! — Avez-vous vu la tête ?
Ce n'est pas l'animal que vous avez lancé.
— Eh bien ! moi, je vous dis qu'en sortant de Paizé
Nous avons pris le change. — Erreur, erreur profonde,
Le brocard, à dix pas, au nez de tout le monde,
A passé bravement poussé par Ramoneur
Qui gaiment le menait, secondé d'Orateur.
— Monnet, mon bon ami, je vous demande grâce,
Orateur, j'en réponds, n'était pas à la chasse :
Il a suivi Daniel avec Coriolan,
Et tous trois sont partis du côté d'Ensouan. —
— Mais, Auguste, au lancer, vous savez qu'à la mare,
De tous les autres chiens, Fabius se sépare ,

Il touche au Beauvillage et, plus chaud que jamais,
Il rejoint Roméo, Dunois et les Anglais. —
Eh bien ! dans ce moment, les autres prenaient course,
Dans la direction des bois de Gâtebourse ;
Et j'entendais, à gauche, Emile à pleins poumons,
Appuyant Rigolette, au sortir des Fringons.
— C'est clair comme le jour, la bête est en arrière ;
Vîte, au retour, Messieurs, qu'on prenne le derrière,
Moi, je fais les devants. — Bordez surtout le bois ! —
Avancez Débuché. — Mais quelle est cette voix ?
L'animal, à coup sûr, remonte de la plaine
Et quelque affreux mâtin le chasse et le ramène !
Au retour, au retour, — Chabot, gardez le vent,
Car je vole à Ravel qui revient en donnant. —
Cette voix bien connue, a décidé le branle,
Et la meute, à la fin, se rapproche et s'ébranle. —
On sonne un Bien-aller, arrivent à l'instant
Bellone, Malborough, Vainqueur, Coriolan ;
Mais au bout de cent pas : Arrête, arrête, arrête !
Retentit tout-à-coup. — Cré mâtin ! Vieille bête !
Volontaire ! arrête !! Ici donc, par ici !!!
N'est-ce pas fait exprès que de chasser ainsi.
— Pourquoi diable, Chabot, arrêter Volontaire !
— Il est fou, je vous dis. — Mondieu laissez-le faire,
Un peu de confiance, en ce vieux serviteur !
Il est loin, croyez-moi, d'être un sot radoteur.
— Eh bien ! ne disons rien.... Le train sans cesse augmente,
La meute redevient de plus en plus ardente,
Elle vole rapide, au travers des Fringons,
Foule, sans hésiter, les plus mauvais cantons,
Et les chiens, sous leur nez, sentant déjà leur proie,
Donnent à qui mieux mieux , se collent à la voie,—
Les brillants gentlemen paraissent radieux !

Le plaisir de courir, éclate dans leurs yeux ;
Des plus humbles veneurs, l'émotion s'empare,
Les chevaux ranimés, au bruit de la fanfare,
Abordent les fossés, descendent les talus
Et les moins vigoureux ne se connaissent plus.
Atalante galoppe et dame Ventre-à-Terre,
Délaisse l'entre-pas qui la tenait derrière. —
Mais la trompe résonne ! Hélas ! C'est un défaut.
A-t-on perdu les fruits d'un si vaillant assaut !
Qui pourrait, de nos mains, arracher la victoire !
— Voilà, pense Chabot, on ne veut pas me croire !
Volontaire est un fou, qu'il ne faut écouter,
Fabius, avec lui, ne fait que s'emporter. —
C'est fini, maintenant ; voyez la belle affaire !
— Savoyard, dit Maurice a mis le nez par terre
Vers le Pas de Fossé, depuis, je l'ai perdu ;
Sans doute à Chef-Boutonne, il est déjà rendu. —
Rallie à Savoyard, hurlent les intrépides !
Et les chiens enlevés, plus que jamais rapides,
Répondent à l'appel et redoublent d'efforts. —
Ils repartent d'un trait, vident la Fosse aux Morts,
S'abattent sur la plaine et tournent les Usages,
Pour gagner, de Chassin, les terribles parages.
Les cavaliers, alors, entrés au Bois-Renard,
Longent le Cabinet, atteignent Bois-Giffard,
Pendant que l'animal, épuisé, hors d'haleine,
Par le coin de Chapitre ose sortir en plaine. —
Mais, bientôt, effrayé du galop des chevaux
Et des cris de la meute, il rentre au Bois-Bourdeaux ;
Buttant à chaque pas, talonnant les racines,
Il se jette au travers des mares, des Collines.
Enfin Coriolan, et Timbale et Vainqueur,
Devant Echaurigné, le chargent, pleins d'ardeur !

Hallali, gentlemen, passez avec furie,
Le ruisseau qui bouillonne en la verte prairie,
Franchissez ces vallons, ces buissons, ces fossés,
Hallali ! Hallali ! Vous touchez au succès. —
De vos braves coursiers, excitez la vitesse,
Et, la trompe à la main, sonnez, sonnez sans cesse,
Piqueux.... Le voyez-vous, il monte à Villemain ;
Mais c'est égal, sur lui, nous gagnons du terrain. —
Avec rage et fureur la meute le harcèle,
Le chevreuil est cerné, regardez, tout se mêle,
Le voilà qui s'élance et pousse un dernier cri,
Il retombe vaincu, palpitant et meurtri.
— Eh bien ! j'avais raison, c'était bien un brocard !
Champvallier soutenait qu'on chassait un renard !
— Farçeur de Frédéric, je disais le contraire ! —
— Ah ! dites-donc, Chabot, ce pauvre Volontaire,
N'est pas déjà si fou ? — C'est vrai ; mais ce matin,
Lui, Margot, Fabius, pas un n'était en train. —
Pendant que chacun parle, on écorche la bête,
Les gigots sont coupés, Débuché prend la tête,
On appelle les chiens, couchés en tapinois,
Ils se dressent d'un bond, saisissent le charquois :
Les plus vieux, façonnés à toutes ces ripailles,
S'élancent sur le cœur, déchirent les entrailles,
Et les plus maladroits ou les moins turbulents
S'épuisent à l'entour, en de longs grognements ;
Mais quelques coups de fouet, donnés d'une main sûre,
Font taire le gourmand qui rugit et murmure. —
Le soleil faible et rouge, au bord de l'horizon,
Invite les veneurs à gagner la maison. —
Bientôt, il ne serait ni prudent, ni trop sage,
De rester en ces lieux. — Les chevaux sont en nage,
Et la brume du soir, qui déjà nous saisit,

Nous prévient qu'il est temps d'agrafer son habit.
De la retraite prise, on sonne la fanfare;
Chacun fait demi-tour, s'ébranle, se sépare,
Et l'on rentre au logis faire honneur au diné
Que la vieille Marie a bien assaisonné.
La soupe, le rôti, s'avalent en silence;
Mais, avant le dessert, le tapage commence:
Car, Chassin, à cheval sur la tradition,
A posé sur la table, avec profusion,
La crêpe, aux reflets d'or, et la fine bouteille
D'un vieux vin de Bordeaux dont on chante merveille.
Les cœurs tressaillent d'aise et les joyeux propos
De notre Rendez-vous, font trembler les échos.
Qui peindrait ce moment? Chacun change de place,
Choisit son auditeur et raconte sa chasse....
— J'ai fait ci! — J'ai fait ça ! — J'ai ramené Margot —
En allant à Vinax, j'ai rattrapé Chabot — ....
— Un change! qu'elle erreur, qu'en dites-vous, Emile,
— Traverser tout Paizé n'est pas chose facile!
— Auguste, tout-à-coup, devinant l'embarras,
Appela Volontaire et revint sur ses pas — ....
... — Ce sacré Pontaillac, me tirait sur la rène,
Pour me faire bisquer, il sautait la palène — ....
... — Avez-vous vu, mon oncle, à la Brousse-Véron,
Comment, à Fifrelin, je fichais l'éperon ?
— Le fantôme a passé d'une façon superbe....
— Avec Sarah, Messieurs, j'ai cru rouler sur l'herbe. —
— Vous savez, qu'au Pavé, Mondor et Coriolan,
Malborough et Dunois s'en allaient trop devant,
Eh bien, avec Monnet, je dis : Laissons les faire....
.... La table est dégarnie, on a posé la bière,
Que pas un n'a quitté la conversation,
Ni privé son voisin de son attention. —

Quand, à la fin, Chabot, allumant sa chandelle
Dévisage le groupe et gaiment l'interpelle —
— C'est y fini, bavards, faut-il pas se coucher ?
Demain matin, s'il pleut, vous pourrez bavocher.
Bonsoir, — Bonsoir Chabot, — Vous éteindrez la lampe ! —
Là-dessus, le Baron prend sa pipe et décampe. —
La retraite a sonné, tout le monde le suit....
Le Pas des Chaumes ronfle, à l'heure de minuit.